Ursula Stillhart
# Wenn Träume in Erfüllung geh'n

Book Print Verlag

Bibliografische Information der Deutschen Bibliothek

Die Deutsche Bibliothek verzeichnet diese Publikation in der
Deutschen Nationalbibliografie;
detaillierte bibliografische Daten sind im Internet über
http://dnb.ddb.de abrufbar.

© Book Print Verlag, Karlheinz Seifried, 47574 Goch
Alle Rechte bei der Autorin: Ursula Stillhart
© Fotos: Ursula Stillhart
Satz: Heimdall DTP-Service, Rheine, dtp-service@onlinehome.de
Hergestellt in Deutschland, 2. Auflage 2008
ISBN: 978-3-939691-99-0

Book Print Verlag
Karlheinz Seifried
Weseler Straße 34
47574 Goch
http://www.verlegdeinbuch.de

# Wenn Träume in Erfüllung geh'n

Ursula Stillhart

Eine Liebeserklärung der besonderen Art
an meinen Mann,
meine Schwester
und vor Allem an die Malediven!

Die meisten Jungs und Mädchen besitzen ein Plüschtierchen, dass sie die ganze Kindheit begleitet. Ihre Sorgen hört und sie tröstet - im selben Bett schlafen darf - ihre Geheimnisse teilt und einfach immer für sie da ist!

Wenn diese Kinder aber erwachsen werden, einen Beruf erlernt haben und sich eine eigene Wohnung suchen, werden diese Tiere meistens vergessen! Man lässt sie beim Mami zu Hause zurück!
Dort sitzen sie dann traurig und einsam auf dem grossen, leeren Bett und warten einfach nur so vor sich hin.
Es gibt aber Mamis, die haben Mitleid mit diesen Tieren!
Und weil sie manchmal selbst ein wenig Heimweh nach ihren Kindern haben, sitzen sie zu den Viechlein aufs Bett und nehmen sie ganz fest in den Arm.
Manchmal beginnen die Bärchen, Kätzchen, Hündchen, oder was auch immer das für ein Tierlein ist, mit den Mamis zu quaseln.
Von Früher erzählen sie. Was sie alles mit den Kindern erlebt haben!
Von Streichen und Spass, aber auch von Quängeln und manch heimlichen Tränen wissen sie.
Genau so erging es der Frau welche diese Geschichte erzählt.

Bei ihr zu Hause sind zwei quirlige Mäuse und rundliches Pferdchen einfach übrig geblieben, darum machte sie es sich im Kinderzimmer gemütlich und begann mit den Tierchen von Früher zu plaudern.
Irgendwann begann sie von traumhaften Ferien, die sie mit ihrer Schwester verbracht hatte, zu erzählen.
Die Kuscheltiere spitzten die Ohren und wurden ganz aufmerksam als sie hörten von:
- den kleinen Inselchen im indischen Ozean - den Malediven
- den Erlebnissen beim Schnorcheln und Tauchen
- dem dem super feinen Essen
- der Katze, die es auf einem dieser kleinen Paradise gibt!

Sie sind neugierig geworden und wollten jetzt genau wisssen, wie es dort ist, wo der Sommer nie aufhört!
Wo das Wasser und der Himmel gleich blau sind, so dass man die Grenze

dazwischen fast nicht sehen kann!
Und wo es so viele, schöne und bunte Fische gibt, dass man meint, man schwimme in einem Aquarium!

Sie gaben keine Ruhe mehr und haben gebettelt, bis sie das Versprechen bekamen, dass alle Drei das nächste Mal auf die Insel mitdürfen.

Eines tages war es so weit!
Dem Pferdchen ging es plötzlich nicht mehr so gut, als es hörte, dass sie per Flugzeug reisen. Es bestand darauf im Koffer zu schlafen bis sie das Ziel erreicht haben!
Als grosse Überraschung erhielten die Mäuse jedes ein Rollköfferchen, damit sie ihre Sachen selbst auf die Reise mitnehmen konnten.

Endlich können unsere wunderschönen Ferien beginnen!

Wie lange dauerts wohl noch? Unser Flugzeug ist noch nicht mal hier!

Halt! Stop! Wir reisen nicht mit dem Gepäck, sondern mit den Leuten im Flieger!

Schau! Dort wird auch unser Koffer eingeladen! Wie geht es wohl dem Pferdchen?

Warum trödelt Der so beim Einsteigen? Wir möchten doch endlich starten!

Verstehst DU das? Irgend jemand muss uns helfen! Wir können uns nämlich nicht sooo anschnallen, wie die grossen Leute!

Wir essen aber nur den Salat! Und warum gibt es auf diesem Teller Fisch? Etwas Käse wäre viel, viel besser!

Huiiii!!! Die Musik saust durch uns durch! Nacher wechseln wir den Sender und hören uns ein Märchen an!

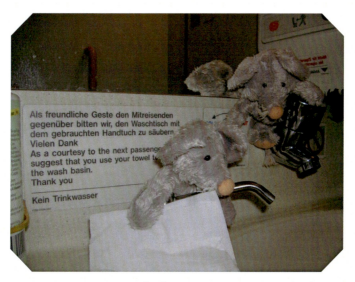

SOWAS! Wie zu Hause! Auch dort müssen wir nach dem Händewaschen immer das Spülbecken austrocknen!

Können wir zwei wirklich gut schlafen? Es ist schon nicht dasselbe wie im eigenen Bett! Hauptsache: Wir träumen etwas schönes!

Weil wir so früh wach sind, sehen wir, wie die Sonne aufgeht!

Wir sind mit Garantie die ersten Mäuse, die beim Pilot und Co-Pilot auf der Armlehne sitzen dürfen!

NIEMAND durfte je soo im Flugzeug sitzen! Wir sind die EINZIGEN auf der ganzen Welt!

Dürfen wir noch bleiben, wenn wir uns in dieser Ecke mux-mäuschenstill verhalten?

Von da Oben sehen wir perfekt was der Pilot macht. Er muss sich total konzentrieren, damit er keinen Fehler macht und mit unserem Flieger nichts passiert.

Und all Das sollte man verstehen? Bei so vielen Schaltern und Knöpfen! Wie lange muss man wohl zur Schule gehen und studieren, bis man Pilot sein kann?
Das ist ein ganz schwieriger Beruf!

Hee! Pass auf! Das ist ein Joystick! Das Steuerrad vom Flugzeug! Nicht, dass wir plötzlich in die falsche Richtung fliegen.

In diesem Buch steht ganz genau, wie wir fliegen müssen. Alle Piloten müssen sich ganz exakt an diese Pläne halten. Keiner darf einfach so fliegen wie er will, sonst könnte es passieren, dass sich zwei Flugzeuge in die Quere kommen. Was da passieren könnte? Denken wir lieber nicht daran!

Wir sind die kleinen Prinzen der Lüfte!

Lass dieses Kabel los! Mit diesem Telefon bestellt der Pilot bei der Hostess einen Kaffee oder etwas zum Essen.
Ich glaube zumindest, dass es so ist! Er hat aber leider im Moment keine Zeit, um uns dieses Telefon zu erklären.

Schau, da unten ist das Meer! Soll ich dir sagen, wie ich mich fühle? WIE EIN ADLER! Der sieht während seines Fluges die Erde genau so, wie wir zwei jetzt. Vielen, vielen Dank, dass wir ins Cockpit durften und uns alles aus der Nähe ansehen konnten!

Sooo schööön! Da unten sind die Malediven mit ihren vielen, vielen Inseln!

Könnte eine von denen unsere Ferieninsel sein?

Wie wissen die Leute hier, wo sie hinfahren müssen?
Es gibt ja nur Wasser, soweit man schaut!

Gut, der der Kapitän hat ein Handy! So kann er auf der Insel anrufen und uns anmelden!

Sind wir so aufgeregt? Wir sehen dieses wunderschöne Inselchen ganz verschwommen! Der Himmel und das Wasser haben wirklich dieselbe Farbe. Und der Sand ist soo weiss, wie bei uns zu Hause der Schnee!

Schau mal! In diesem Hausnummernschild spiegeln sich die Palmen und der Himmel.

Dieses Haus hätte die pefekte Grösse für uns! Aber leider ist es eine Laterne, die Nachts leuchtet, damit alle wieder den Heimweg finden.

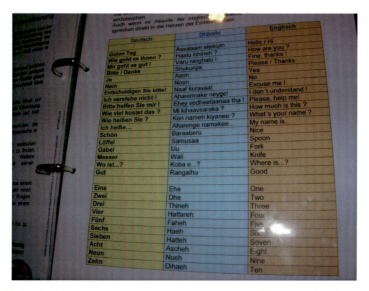

Die Malediver haben eine eigene Sprache. Divehi heisst sie. Wenn wir die Zahlen aussprechen, tönt es schon etwas fremd für uns.

Es ist auch nicht so spät wie zu Hause. Die Zeit verschiebt sich um drei Stunden nach vorne.

SO EIN HIT! Eigene, kleine Liegestühle! Speziell für Ferienmäuse.

Meine ich es nur, oder kommen die Wellen jedesmal etwas näher?

Hau ab! Du hast einen eigenen Liegestuhl! Aber wenn du willst, können wir ja mal tauschen.

Jetzt sollten wir uns endlich entscheiden! Willst du den Roten oder den Blauen?

Siehst du? Es geht ja! Das Wasser kann uns nun auch nicht mehr einholen und es ist genug Platz!

Sag mal, bist du dir ganz sicher, dass du genau HIER und JETZT ein Schulheft anschauen musst? Ich hätte da eine viel, viel bessere Idee!

Was meinst du? Würden zwei Tage graben reichen, damit wir ans andere Ende der Welt kämen? Und wo wäre das überhaupt?

Möchtest du auch wissen, wie es unter Wasser aussieht? ALSO LOS! Gehen wir schwimmen!

Es ist überhaupt nicht tief hier! WOW! Da ist ein riesen grosser Fisch!

Das ist ein Papageifisch, der heisst so, weil sein Maul aussieht wie bei einem Papagei.

Die sehen aus, alls wären sie aus Moosgummi!

Da kann man sich nicht satt sehen! Obwohl! Das Wasser brennt etwas in den Äuglein! Jedenfalls in Mäuseaugen!

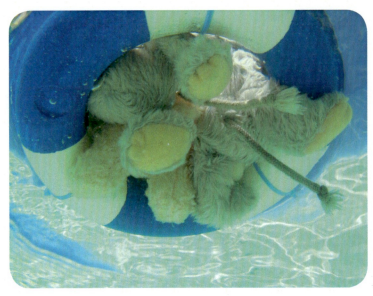

Hoffentlich weiss auch jeder Fisch der unter uns durchschwimmt, dass wir mit unseren Schwänzchen nicht angeln wollen!

Zählen wir die Wolken? Aber nur DIE, die genau über uns sind!

Schliesse deine Augen! Geniesse das Drehen und Schaukeln!
So können wir alle unsere kleinen Sorgen vergessen!

Und wo ist jetzt plötzlich der Steg? Dort hinten sieht man nur noch
das Dach vom Ankunftshäuschen!

Es macht schon ein bisschen Angst so weit draussen! Wenn wir jetzt mit den Beinen ganz fest zappeln, kommen wir mit Hilfe der kleinen Wellen wieder ans Ufer zurück!

Ist das eine echte Tauchermaske? Und wie soll das mit dem Schnorchel funktionieren?

So lustig! Unser Pferdchen hat immer die besten Ideen! Die Flossen wären für uns prima Boote und mit dem Schnorchel könnten wir paddeln.

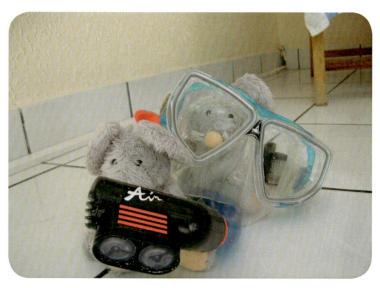

Wie soll das gut gehen? Diese Sachen sind für uns hundert Mal zu gross! Damit können wir unter Wasser weder etwas sehen noch atmen!

Lass uns bitte wieder runter! Wir wissen eigentlich ganz genau, dass wir an fremden Sachen nichts zu suchen haben!

Helfen beim Sauber machen? Das soll eine Strafe sein? Für mich nicht, denn ich habe beim Putzen etwas gefunden, das nur für kleine Mäuse sein kann!

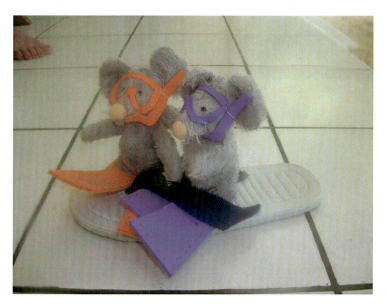

Wir werden ja sowas von verwöhnt! Eine Minischnorchelausrüstung nur für uns!

Auf diesem grossen Flip-Flop liegt es sich gut! Wir können schnorcheln ohne schwimmen.

So gehts aber viel besser! Das Meerwasser trägt uns, als wären wir kleine Federn.

Schau mal! Die vielen gestreiften Fische unter uns! Immer, wenn ich nah heran schwimme, verstecken sie sich!

Möchte einer von euch mit mir ein Wettschwimmen machen, oder bleibt ihr immer zusammen?

Was ist jetzt Himmel und was ist Wasser? Es stimmt was ich gehört habe, beides ist gleich blau, so dass man den Unterschied kaum sieht!

NEIN! Beach-Volleyball kann mann nicht nur zu zweit spielen! Vor Allem macht es weniger Spass!

Wir können auch kein Wassertennis spielen! Dafür sind wir echt zu klein und die Schläger zu gross.

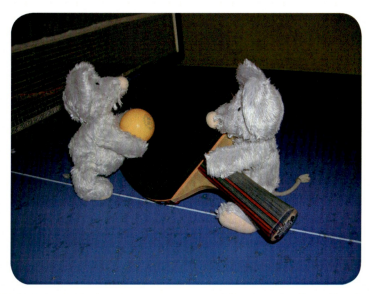

Endlich! Jetzt haben wir etwas zum Spielen gefunden, das für uns perfekt ist!

Was für für ein Tiger! Zum guten Glück ist der nur aufgemalt! Wäre er echt, hätten wir Pech!

Würdest du bitte mit deinen Kapriolen aufhören, damit wir mit unserem Fussballmatch beginnen können!

Stell dich bitte nicht so doof an! Gehe ins Spielfeld und mache den Anstoss! Oder hast du etwa Angst, zu verlieren?

Willst du wetten, ich mache ein Tor? Und wenn ich gewinne, teilen wir uns einen Ananassaft auf der Aussichtsterrasse!

Dieses Glas voll, würde für vier Mäuse reichen!
Wächst die Ananas eigentlich auf dieser Insel?

Mir hat man gesagt, dass auf den Malediven nur Kokosnüsse und manchmal Bananen wachsen, alles andere müsssen sie sich von weit her schicken lassen!

Einmal mehr ist das Glück auf unserer Seite. Auf dieser Insel wachsen zwar kleine, aber besonders gute Bananen.

Schau, das große Schiff dort draußen! Mit dem wird alles, was auf dieser Insel gebraucht wird, gebracht. Alles was man essen oder trinken kann. Früchte, Salat und Gemüse, Fleisch und Käse, aber auch Milch und Butter. Vor allem aber viel, viel Wasser zum Trinken.

Bis du deinen Saft getrunken hast, ist dein Omelett kalt! Wenn du dir das nächste Mal weniger nehmen würdest, könntest du auch alles aufessen. Es ist ja wirklich genug da, damit du immer wieder etwas holen kannst!

War das Absicht? Jetzt klebst du fest! Warum hast du deine Nase auch immer überall?

Muss man chinesisches Gemüse unbedingt mit Stäbchen essen? Da könnte man verzweifeln, wenn man nicht weiß, wie das geht.

Sogar Spinat schmeckt mir! Wenn ich nur wieder mit der Gabel essen darf!

ACHTUNG! Diese Pfanne ist heiß! Die Köche von dieser Insel können von jedem Land eine Spezialität auf den Tisch zaubern. Heute essen wir Italienisch!

Wer kann unsere Frage beantworten? Warum haben die Ananasscheiben, die man bei uns zu Hause kauft, ein Loch in der Mitte? Das Mittelstück ist doch nur ein bisschen härter, aber trotzdem saftig und gut!

Brrrrrrrrr.....!!! Ist das kalt!!! Wie daheim im Winter! Was ist Orangen-Mousse? Ist da wirklich eine orangene Maus drin?

Maul auf! Jetzt gibt es Wassermelone! Und nachher noch etwas Pfirsichkuchen!

Mmmm.....! Das ist die Krönung! PASSIONSFRUCHT! Das Dessert vom Dessert, vom…!

Ja, ja! Ich weiß es genau! Nach soo viel Dessert muss man die Zähne putzen! Ich mache es zwar nicht so gerne, aber ich möchte lieber meine weißen Beißerchen, statt schwarze Stummel in meinem Mund haben!

Toll, dass du lesen kannst! So bekommen wir auch in den Ferien eine Gute-Nacht-Geschichte erzählt!

Wie machen die das nur? Das sieht ja aus wie ein Königsbett! Kannst du dir schon vorstellen, wie gut wir heute Nacht schlafen werden?

So! Jetzt haben die Blumen etwas zu trinken!
Bis morgen wären sie sonst verwelkt und verschrumpelt!

Nachts regnet es Blüten und Samenkappseln von den Bäumen! Und jeden Morgen werden sie zusammengefegt! Heute dürfen wir sogar helfen!

Jemand hat unsere großen, orangenen Blüten stibitzt! Die würden so toll zu unserem Blumenbett passen!

So getarnt findet mich niemand! Man muss schon zwei mal hinsehen, bis man mich bemerkt!

Bin ich auch gut getarnt? Wenn nicht, passe ich wenigstens super gut ins Bild!

Dieser Baum hat tausend Herzen! In jeder Größe!

Hast du eine Ahnung, wofür dieser Zaun dort drüben gut ist?

Jetzt ist alles klar! Hier drinnen wachsen Baby-Palmen! Dieser Zaun schützt sie, damit sie in aller Ruhe wachsen können!

Unsere Hilfe ist gefragt, um eine junge Pflanze in diesen Topf zu setzen.

Warum können wir diese Kokosnuss nicht essen? Weil sie schon uralt ist und weil sie das Meer an unseren Strand gespült hat!

Aber wenn die Nuss so gut und weit schwimmen kann wie du sagst, könnten wir sie doch gut als Boot gebrauchen.

Selbst mit dem Ruder funktioniert das Ganze nicht, die Nuss bewegt sich kein Stück! Jetzt stellen wir uns einfach vor, wir wären auf dem Meer.

Da unten sind die großen, aber sehr scheuen Krebse! Sie verstecken sich sofort, sobald jemand kommt.

Bleib doch da! Ich möchte euch nur ganz genau beobachten. Ich fürchte euch auch nicht! Obwohl ihr viermal mehr Beine habt als ich.

Oh, du armes Ding! Da hatte ein grosser Fisch wohl mächtig Hunger! Nur deinen Panzer hat er übrig gelassen. Schade, aber auch DAS ist die Natur!

Weißt du, warum die Häuschen dieser kleinen Krebse so verschieden sind? Weil sich jeder eine leere Muschel sucht, um darin zu wohnen. Und Muscheln gibt es nie zwei exakt genau gleiche.

Jetzt ist mir auch klar, was das für Spuren sind! Bei dieser Palme hat wohl eine Krabbenkonferenz stattgefunden.

Schau mir in die Augen, Kleiner! Weißt du, dass wir zwei dieselben Knopfaugen haben?

WOW! Bist du aber stark! Das ist Kunst! Mit dem eigenen Haus DA hinauf zu klettern.

Die feine Art ist das wohl nicht! Empfindliche Nasen sollte man nicht kneifen.

Dieser Winzling tut mir sicher nichts, aber ein soo lustiges Gesicht MUSS ich einfach aus der Nähe sehen!

LASS MICH SOFORT WIEDER RUNTER! Wir sind nicht dafür gemacht, dass man uns berührt oder sogar umherträgt!

Wenn wir ganz leise sind und viel, viel Geduld haben, erfahren wir, wer diesen Sandhaufen gemacht hat.

Achtung! Jetzt zeigt er sich! Jede Nacht ist hier der Sand mit Wasser bedeckt. Und jeden Morgen, wenn alles wieder trocken ist, buddeln sich diese Krebse einen neuen Gang.

Aber Hallo! Bist DU riesig! Und deine Beine sehen aus wie Erdbeeren. Gehörst du eigentlich nicht ins Wasser? Oder suchst du hier am Strand eine leere Muschel für dich? Deine ist wunderschön, aber viel zu klein.

Du lebst sehr gefährlich! Du hast nicht genug Platz, um dich ganz zu verstecken!

Na dann, auf Wiedersehen und viel Glück! Hoffentlich findest du im Meer eine leere Muschel, in der du sicher und gesund noch viele Jahre leben kannst.

Schau mal! In diese Flaschen gehört Luft. Damit können die Taucher unter Wasser atmen und machen Millionen von Luftblasen.

Heute darf ich zum ersten Mal in meinem Leben tauchen! Eigentlich freue ich mich riesig, aber mein Herzchen hämmert wie verrückt vor Aufregung.

Wenn das nur gut geht! Mit dieser Ausrüstung zu schwimmen ist doch nicht so einfach! Aber, juhuiii! Dort vorne sehe ich bereits die ersten Fische!

So etwas Schönes habe ich in meinem ganzen Mäuseleben noch nie gesehen!

Echte Korallen! Was für ein Kunstwerk der Natur!

Riesenmuscheln! Und sobald man näher kommt, klappen sie sich zu!

Hallo kleiner Fisch! Ich weiß, dass du in einer Anemone wohnst. Deine ist ein ganz besonders schönes Exemplar.

Warum schaust du mich so energisch an? Hast du in dem Geäst etwas, das du beschützen musst?

Und du? Wohnst du zwischen diesen Steinen? Sag, warum guckst du mich so komisch an? Hast du noch nie eine Maus gesehen?

Ja ich weiß, dass ich in deinem Revier bin! Aber, wenn ich alles sehen will, muss ich schon ein bisschen näher kommen dürfen!

Du musst nicht mal probieren, mich anzuknabbern! MICH kann man nicht essen!

Dich taufe ich „kleine Meersonne"! Bist du ein Kurznasen- oder ein Langnasenpinzettenfisch? Ich finde es sehr schwierig, den Unterschied zu sehen!

Warum du Flötenfisch genannt wirst, ist mir absolut klar, genau so siehst du nämlich aus.

Knabberst du daran? Hast du keine Probleme mit deinen Zähnen? Ich kann mir überhaupt nicht vorstellen, dass man DAVON satt wird!

Weil ich vom Tauchen soo müde bin, darf ich im FLOSSENBOOT bis zum Strand zurückfahren. Es hat manchmal wirklich Vorteile, wenn man so klein ist.

Das letzte Stück werde ich schwimmen! Es muss ja nicht gleich jedermann wissen, dass ich ein wenig Hilfe gebraucht habe.

Hier deponieren die Taucher, wenn sie aus dem Meer zurückkommen, ihre leeren Flaschen. Jemand von der Tauchschule holt sie dann ab, um sie für den nächsten Ausflug unter Wasser wieder aufzufüllen.

Heute haben wir echtes Malediven-Geld erhalten!
Es heisst RUFIYA. Damit dürfen wir uns ein Andenken kaufen

Zum Einkaufen möchte ich mich umziehen! Wartest du auf mich?

Du musst dich jetzt aber beeilen! Wir fahren mit dem Schiff zum Einkaufen in die Hauptstadt.

Sie heißt Malé und ist auch eine Insel. Die Häuser sind bis ganz ans Wasser gebaut, weil so viele Menschen auf diesem Stück Land wohnen.

Wir sind bereit für den Einkaufsbummel! Halt mich ganz fest, sonst bläst uns der Wind noch übers Meer.

Wir haben es ganz schlau gemacht und überhaupt nichts gekauft, was aus dem Meer kommt.

Wir kaufen KEINE großen Muscheln! KEINE Sachen aus Schildkrötenpanzer! Und überhaupt NICHTS aus Korallen! Das muss nämlich ALLES im Meer bleiben!

Es stimmt! Dieser Fisch sieht wie echt aus und ist ein wunderschönes Souvenir! Wir bringen es jemandem mit, den wir mega, mega lieb haben.

Das ist ein super Kauf! Ein Pareo oder auch Sarong genannt. Mit diesem Stofftuch kann man sich immer wieder anders anziehen.

Auf unserem Tuch sind die Malediven abgebildet! Alle Atolle und Ferieninseln. Jetzt können wir zu Hause allen zeigen wo wir genau waren.

Diesen Pinzettenfisch möchten wir gerne behalten! Aber er muss hier bleiben, weil er zu dieser Insel gehört.

Sonst steht er in einem geschlossenen Glaskasten. Nur für ein Foto mit uns zweien, darf er jetzt ins Freie!

Hast du sowas schon einmal gesehen? Eine Dusche ohne Dach!

Hallo Pferdchen, kann ich loslassen? Fängst du mich auf, wenn ich mit dem Wasserstrahl nach unten rutsche?

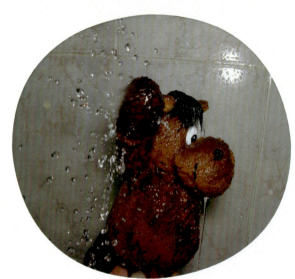

LA-LA-Laus! Ich glaub, ich hör 'ne Maus! Ja, ja, komm nur! Es macht riesig Spaß hier unten!

Quietsch doch nicht so laut! Man hört dich auf der ganzen Insel! Zudem habe ich eine „Bomben-Idee"! Also komm mit!

Das glaubt uns niemand, wenn wir erzählen, dass es in einer maledivischen Dusche kein Dach gibt. Und dass wir während wir plantschen, den Himmel und die Palmen sehen können.

Wenn ich dir den Rücken abtrocknen muss, darf ich dich auch etwas zerzausen!

Das schaffen wir zwei niemals alleine! Bist du sicher, dass so etwas komisches wirklich ein Haartrockner ist?

Toll! Wie beim Frisör! Still sitzen - ein wenig warten - und schon ist die neue Frisur perfekt!

Ich bin schon gerne ein guter Freund und helfe wo ich kann! Aber manchmal sind zwei so kleine Mäuse ECHT ANSTRENGEND!

Sitz still! Das tut überhaupt nicht weh! Nach dem Schnorcheln oder Tauchen sollten alle die Ohren unter der Dusche ausspülen und in jedes Ohr „Taucher-Tropfen" träufeln!

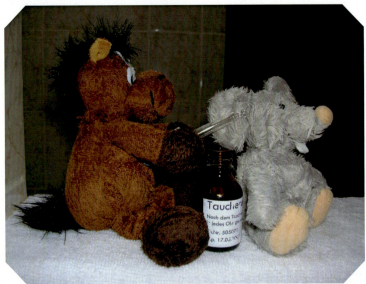

Da es im Wasser manchmal ganz winzige Dinge gibt, die nicht in die Ohren gehören. Und mit diesen Tropfen kann es keine Entzündung geben! WEIL, Ferien und Ohrenschmerzen passen nicht zusammen!

Vielen Dank, dass du immer für uns da bist! Wir haben dich mega, mega lieb!

Da ist jemand noch vor mir am Strand gewesen! EIN RIESE! Seine Füße sind ja größer als ich!

Frühsport bei Sonnenaufgang! Das ist sehr gesund! EINS-ZWEI! EINS-ZWEI! EINATMEN! AUSATMEN! EINATMEN! AUSATMEN!

Schau, dort vorne steigt die Sonne aus dem Wasser!

Wer ist wohl stärker? Die Sonne oder die dicke Regenwolke?

Das sieht gewaltig nach Regen aus und der Wind saust kräftig über die Insel.

Und schon sind wir pitschnass! Was machen wir, wenn es so fest regnet bis das Meer überläuft? Haltet euch fest, ich bringe euch ins Trockene!

Mensch Pferdchen! Aus dir tropft mehr Wasser als vom Himmel!

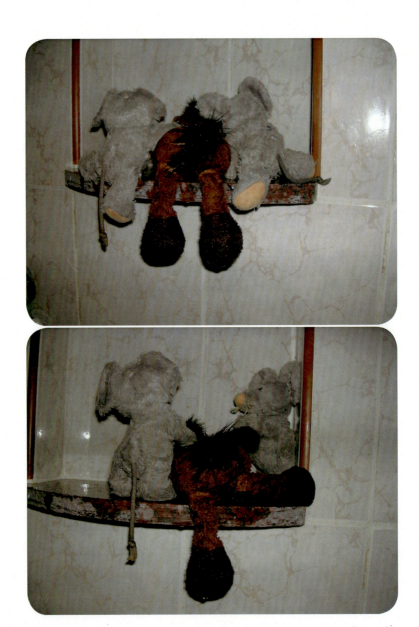

Endlich können wir DIR einmal helfen! Allein würdest du es kaum schaffen!

Das macht Spaß! Zwei verschiedene Wetterarten am selben Tag!
Weit und breit keine Regenwolken mehr!

Ich kann gar nicht ruhig sitzen! Die kleinen Wellen drehen mich hin und her!

Wie groß ist eigentlich das Meer? Bei unserem See sieht man bis auf die andere Seite. Und hier gibt es Wasser, soweit man schauen kann.

Jetzt will ich es ganz genau wissen! Von da oben kann ich sicher weiter sehen!

Sowas von komisch! Der dunkle Streifen am Horizont wird immer breiter! Aber sonst ändert sich nichts!

Wir können dir auch nicht helfen! Mäuse sehen nicht weiter als ein Pferdchen! Aber wir haben eine Idee!

Uiii, ist das hoch! Klar, das ist ja auch die größte Palme auf dieser Insel!

So! Der höchste Aussichtspunkt ist erreicht!
Wir sehen rund herum nur noch Wasser!

Das Meer ist einfach soo riesengroß, dass wir die andere Seite nicht sehen können! Aber jetzt wird uns auch klar, wie klein wir eigentlich sind!

Heute hängen wir einfach nur ein bisschen rum! Hört ihr auch das Meer rauschen? Es ist einfach einmal mehr ein perfekter Tag!

Einmal ganz allein! Das macht auch Spaß! Nur so vor mich hin träumen, ohne gestört zu werden! Zur Feier des Tages mache ich jetzt einen kleinen Spaziergang!

HALLO MIEZEKATZE!!!
BIST DU ECHT?

Soo lieb von dir, dass du mir nichts tust! Bist du auch in den Ferien? Ha - NEIN! Ich doofe Nuss! Hab ja schon von dir gehört!

Erzähl mal! Wie ist das, wenn man immer auf einer Insel wohnt? Du weißt sicher nicht, was ein Berg ist! Isst du nur solche Körnchen wie hier liegen, oder angelst du dir zwischendurch einen Fisch?

Wartest du auf jemanden? Aha! Ich weiß, Feriengäste, die schon einmal da waren und dich kennen, bringen dir feine Sachen mit!

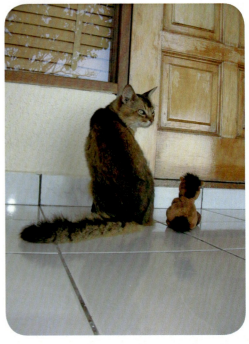

Du musst deine Schnauze nicht abschlecken! Ich bin wirklich ungenießbar! Das Einzige was du bekämst, wären fürchterliche Bauchschmerzen!

Die zwei pelzigen grauen Tierchen dort drüben sind meine Freunde. Und ich möchte, dass das auch so bleibt! Verstehst du mich, KATZE?

Pssst! Nicht bewegen! In kürzester Zeit wissen wir, ob diese Miezekatze wirklich so freundlich ist, wie man uns gesagt hat!

Mich haut's um! Der Kater weiß tatsächlich nicht, dass Katzen Mäuse fressen! Aber das macht nichts! Für uns ist es sogar perfekt!

Stört dich dieses Ästchen am Fuß nicht? Wenn du ganz still hältst, entferne ich es.

Möchtest du nicht mit uns in die Schweiz kommen? Du könntest dort allen Katzen erklären, dass es nicht unbedingt nötig wäre, uns Mäuse zu fressen!

Hast du auch Herzklopfen, wenn du etwas soo Schönes siehst? Man könnte meinen, die Sonne taucht ins Wasser!

Gibt es auf dieser großen Welt wohl noch ein Pferdchen wie ich es bin? Es wäre toll, einen Freund zu haben, der mir ähnlich sieht!

Morgen früh frage ich die Sonne, wo das andere Ende des Meeres ist! DA, wo sie unter geht, kann sie das mit Sicherheit sehen!

Haben wir nur das Gefühl, oder dauert es bei uns wirklich länger, bis es am Abend so dunkel ist? Hier geht das so schnell, als würde man an einem Schalter drehen!

Psst...! Ganz leise sein! Du darfst dich nicht bewegen! Der Reiher lauert auf einen Fisch!

Zum Kuckuck mit dir! Schaffst du es nicht, nur kurze Zeit still zu sitzen? Der Fischreiher fliegt weg, sobald er etwas Unbekanntes hört! Ich hätte so gern gewusst, ob er einen Fisch fängt!

Hallo, ihr Ameisen! Da gibt es doch nichts, was ihr fressen könnt?

Ich bewege mich lieber nicht! Woher kommt dieser Vogel plötzlich? Den habe ich hier noch nie gesehen!

Diese Krümel darfst du haben. Ich könnte dir aber auch verraten, wo es Ameisen gibt! Das wär doch etwas für dich?

Ach so! Du suchst Futter für deine Kleinen! Gut, dass du sie versteckst! Wer weiß, was sonst alles mit ihnen passieren könnte!

Hab ich es dir nicht gesagt? Dieser Topf ist ein perfektes Schwimmbecken! Noch ein paar Blüten ins Wasser geben und wir können ein ganz vornehmes Bad nehmen!

Jetzt können wir uns treiben lassen, so lange wie wir wollen und wir bleiben doch immer am selben Ort!

Komm auch rein, Pferdchen! Es macht so viel Spaß! Du bist doch sonst ein so starkes und mutiges Pferd! Und doch haben wir das Gefühl, dass du dich nicht traust!

Wenn jemand groß und stark ist, heißt das noch lange nicht, dass er dann auch ALLES kann und vor überhaupt nichts ANGST hat!

Komm, wir machen etwas anderes! Ich denke mir, das Pferdchen bedrückt etwas, was es uns nicht sagen will!

JETZT STIMMT ES FÜR MICH! Ein Mineralwasser trinken, die Sonne genießen und einfach nur die Beine baumeln lassen! Niemand wird merken, dass ich überhaupt nicht schwimmen kann!

Irgend etwas liegt in der Luft! Ein so schön dekorierter Ananassaft nur für mich?

Möchtest du mir beim Trinken helfen? Es ist vermutlich ein bisschen zu viel für mich allein!

Diese Ferien sind so wunderschön, ich habe sogar meinen Geburtstag vergessen! Zum Glück denken die Leute von dieser Insel an so besondere Tage!

Was für eine Überraschung! Eine echte Geburtstagstorte! Die Kellner haben für mich gesungen und mir gratuliert!

So ein Genuss! Mitten im indischen Ozean, auf einer winzigen Insel, feiern wir meinen Geburtstag!

Diesen Blumenzweig von der Tischdekoration schicken wir auf eine lange Reise! In Gedanken haben wir in jeder Blüte einen guten Wunsch versteckt!

Siehst du die Blumen noch? Wenn sie jemand findet, gehen sicher all seine Träume in Erfüllung!

Auf diesem Platz haben wir so viel Schönes erlebt! Aber jetzt geht's wieder nach Hause. Schade, dass die Zeit in den Ferien so schnell vergeht!

Willst du wirklich nicht mit uns im Flugzeug sitzen? Im Koffer reisen ist doch langweilig und wir sehen uns erst zu Hause wieder!

Klar gehen wir gerne nach Hause zurück! Aber ein wenig traurig sind wir trotzdem!

Alles einsteigen! Es geht los! Unser größter Wunsch ist: „Wieder einmal hierhin zurückzukehren!"

Schaut mal! Wie schnell wir an dieser Insel vorbei sausen! Wieso stehen dort Häuser im Wasser? Kann es die nicht fort schwemmen?

Musst du auch immer ans Pferdchen denken? Wie es ihm wohl geht im dunklen Koffer? Beim nächsten Mal muss es unbedingt mit uns im Flugzeug sitzen!

Weißt du, worauf ich mich am meisten freue? Auf ein riesengroßes Stück Käse! Erkennst du die Blumen auf dem Flugzeug? Diese wachsen auch in unserem Garten!

Obwohl der Flughafen eine Insel ist und nur eine Landepiste hat, ist das kein Problem! Unsere Piloten bringen uns sicher und gesund wieder nach Zürich!

Dieses Ticket zeigen wir allen! Sonst glauben sie uns womöglich gar nicht, wenn wir erzählen WO wir waren und WAS wir alles erlebt haben!

Manchmal kommt uns das Ganze selbst wie ein Traum vor!
So schön ist es auf den Malediven!

Ein großes und herzliches Dankeschön an alle, die mich unterstützt und vor allem an meinen Traum geglaubt haben!